별을 보다

김해원 시집

시음사
시사랑음악사랑

시집을 내며

세상 사는 게 바쁘고 힘들다는 이유로 가슴속 깊이 가지고 있었던 감성들도 때로는 숨겨 놓고 그렇게 방치하지 않았나 하는 생각이 듭니다. 온갖 자연과 사물과 그리고 사람 사이에서의 느껴지는 모습들... 그 속에 속하여 있는 저의 모습들도 사색하지 않으면 모르고 넘어갔을 이야기들을 나름대로 적어 보았습니다.

비록 필력은 미천하지만 사람의 생각은 같은 길을 간다고 생각합니다. 모든 경험이나 그로 인해 생기는 사색의 무게는 서로 조금씩 다를 수도 있습니다. 하지만 순수의 감정이란 같다고 생각합니다.

어릴 적 밤 바다 위로 그리고 산등성이에 가득했었던 별들에 대한 기억들을 잠시만 꺼내어 보십시오. 작은 눈에 들어왔던 그 수많은 별들... 키는 비록 커졌으나 더 밝아진 그 별빛들을 생각하며 글을 적어 보았습니다. 평소 보이지 않았던 그리고 보았으나 그냥 넘겨버린 지금의 우리... 저의 글로 인해 조금이나마 생각할 수 있는 자그마한 계기가 되길 바라며 오늘도 별들은 여러분의 머리 위에서 빛나고 있습니다.

시인 김해원

♣ 목차

♣ 목차

♣ 목차

♣ 목차

하루

바람은 물줄기를 따르고
무심한 구름은 산을 스친다
그는 가고 나는 어디인가
서툰 쟁기질로 시간을 더하네

해와 달이 공존하는 시간
밥 짓는 아낙의 가슴 밑으로
새소리가 잦아들면
그저 평화로운 이 들녘에도
하나 둘 피어나는 반딧불이

오순도순 말 꽃 피우며
평범한 하루를 갈무리한다

눈을 들어
창밖을 보니 아침 산은 간데없고
까만 이불 뒤집어쓴 큰 바위 넘어
별꽃들이 가득 피었다
일상의 행복 그리고 고단한 머리를 눕힌다.

별을 보다

어릴 적 가슴에 담았던
별들이 있었지
나의 작은 가슴에
담기도 벅찰 만큼
그 별들은 빛났었고

더 커진 지금의 나는
도시의
꼭대기 불빛만을
향한 불나방이 되어
버린 지금

이룬다는 건
반대로 잃는다는 것
순수보다
물질을
사람보다
계산을

오늘도 머리 위로
어릴 적 별은
맑게 빛나지만
고개 들어 마주한
도시의 불빛으로
너를 잃어버렸다

밤은 그저 밤일 뿐
한 평 창가에 부딪히는
빛은 여전히
도시의 메마른 빛이라

가끔은 아주 가끔은
고개 들어
어릴 적 발하여
아직 빛나고 있는
밤하늘의 별을 보자

빈 잔

시간이 발에 걸리면
툭툭 털고 일어서
집으로 향한다

홀로 잔 채워
부싯깃 남아 있는
하루해의 끝자락에

잔을 든다

혹이나 마를까
틀어넣는 찬 술잔

가야 할 곳 정해져 있으니
두 다리 원망도 못 하겠다

그래도 미련 남아
쓱 하고 돌아본 나의 첫 잔에
너의 얼굴 남았다

나로 인해 비워진 얼굴
잊혀질까 취한 마음에
다시 빈 잔을 채운다

송화(松花)

그래도 살려니
푸르른 날 참 곱다

익은 꽃 흩날려도
그 뭐라고

문 닫은 창밖은
너 나무의 숨소리

노란색으로 창을
두드린다

계절의 힘은
어쩔 수 없어

나 오늘 밤도 먹지 못하고
목마른 너의 가지 위
까치가 부럽다
이기심에 흔들려도
나 아닌 숟가락 든
식구들을 위해서

문을 열까

화분

겨우내 시무룩했던
화분이 꽃잎이 생기고

문을 열어 약간의
바람과 소통

이 녀석도 나와 같은지
답답했나 보다

그래도 나는 다리가 있음으로
싫어서 피할 수 있음으로

꼼짝없이 늘 같은 계절에
두들겨 맞는 너의 잎사귀에
하얀 먼지만 끼여 있네

가슴으로 느끼는
화분의 자그마한 말
보내줘
아파도 느끼게

그게 삶이지

올해 겨울

겨울 참 길어
걷는 발밑에 봄이 죽는다

계절은
또다시

그래도 꾸역꾸역 오는 널
가슴으로 안아
마스크 속에서 되뇌이는
봄이라 더 애달프다

사람이 만들었으니
우리의 병이다
봄 그대…

이미 턱까지 왔지만
추운 마음을 가진
우리 몫이지
봄…. 그냥 웃으며 오라

그냥 자라는 나무는 없다

클수록 그 잎사귀 무거워
힘듦은 배가 되지

시간이 주는
이치

그래도 따스한 햇살
목마름 끝에 오는 비

의도하지 않았어도
견디며 살아가는
삶이 있었기에

늘 그러하듯 세상을 산다

우리는 다 나무…

첫사랑

내 마음이 한 평수라
넘으면 어림없소

살아 온 지난날이
좁아도
한 평의 자유로움

나무 자라
새도 울고 바람도 있다오
자그마한 계곡에
발 담그며 노는
식구들도 있소

한 평 마음 세상을
나누고 나눠 자유롭소
가난하지만 맘속 두툼한 주머니에
행복 가득하오
처음 사랑 저 구석으로
오늘 밤에도 작은 행복의
공간에
나무는 자란다오.

겨울 바다

그게 뭐라고
해마다 돌아오는
바다를 볼려고 왔네

여전히 찬바람
부딪히는 바다

작년에도 같았는데
내 나이만 더 할 뿐..

바다는 나이가 없다
키 작은 내가 조금 더 커졌음을

사람은 금세 늙고
가는 길 걱정해도

수십 년 본 이 겨울의 바다는
시간이 깃들지 않아

아픔을 덮는 저 파도의
포말 끝에서

흰머리 성성한 모습으로
나 웃는다.

여수 밤바다

여수항 바다에는
진주가 숨어 있다

밤이면 떠올라
같이 놀다

달 기울 때 하나 둘
숨었다가

발이라도 걸리는
밤의 시작에
나요 하고 다시 떠오른다

이 바다 너무 예뻐
두 손에 담다가
그 사이로 빠져나가는
보석 같은 밤의 너

나 그대와 같아
보내기 싫어
밤새 널 깨물고 있었더라

너에 젖어 그리워

울다 보면

오늘 밤 여수의 바다는

예쁜 얼굴에 진주 목걸이를

찬다

다시

게걸음

앞으로 가지 못하고
옆으로만 향하네

눈은 앞으로
자꾸 멀어진다

이상은 있는데
현실에서 멀어지고

달려가도 자꾸 지쳐
우는 맘 그대는 아는지

피곤해 쓰러져 잠들다가
파도 소리에 놀라 깨면

꽉 잡은 집게 사이로
모래알은 빠져.

눈 비비며 다시 시작한 오늘
여전히 나는 게걸음으로

물 빠진 집 앞을 서성이다
처음인 듯 배고픔 안고
웃으며 두 발 번쩍 들고

살기 위한 몸부림
그대 내 마음 알까

내일 아침 서글픈 갯벌은
다시 열린다

다시 오겠능가

간다는 소리 마소
기다리다 장승이
되어 버렸네 그려

갑작사랑 하실려면
신도 벗지 말고 가소

기다림 일랑 가슴에
굳은살로 남아 있소

애 터진 마음을
그대는 알 것 소만

미소 짓기 어려우니
나의 얼굴이나 빨랑 보고 가소

당신이야
헛웃음 날리며
가면 그만이지만

무너지는 내 심정을
알리야 없겠지만

그래도 잠시 본 얼굴에
다시 기다리는 나는

천치처럼 돌아올 날 알기에
이리 서 있소

그래도 돌처럼 흠모하오
가을이라는 당신의 이름을...

낮술

술 끝에 달이 밝아
내 걸음엔 그 달이 없네

달은 진즉 한가한데
내 마음 바쁘다

쓱 하고 지나치는
오래된 모습들

오늘도 새로워
웃고 갑니다

욕 한 태배기 먹고
식은 걸 잃은 성질 끝에

바른길 살아가자고 맹세하는
스무 살 나의 모습

숨은 달은 느긋하나
내 삶이 오십이다
널따란 우리 집 큰 대야에 내 삶 다 담고
서 있다

모든 날 이 모든 순간

외롭나 보다
밤새 바람에 흩어지는
꽃잎에 말을 건다

덩그러니
나와 같아서
지나치지 못해
꽃잎 가져오다

자연은 정확한 것
우리도 자연 속의 풀이라

싫어서 또 운다.

노을은 밤빛을 두고 떠났다

두 발 다스려 지친 신발 신었더니
갈 곳이 없더라

고개 들어 멍하니 하늘을 보니
지친 태양이 쏟아내는
이 하루의 마지막 몸짓

꿈꾸기엔 이른 시간인가
정처 없는 내 마음
받아주기엔 그 빛이 너무 붉다

잎사귀 흔들며 가을밤을
재촉하는 무뚝뚝한 바람

오늘이 끝이 아니길
사라져가는 빛 한 모금으로
다시 산다

깊어가는 가을밤
그렇게 노을은 밤빛을 두고 떠났다.

꽃 2

꽃은 자기가 꽃인 줄 모른다
그저 사람들이 지어준 이름임을

그녀도 꽃인 줄 모른다
내가 그렇게 불렀음으로

이 밤 같은 이불
내 옆의 그대는 꽃이다

꽃

거친 잎사귀 만지니
세상 참

삶의 언어는 하나
흐른 시간 속의 미안함이더라

이래도 나를
사랑하겠소 하고
묻고 싶지만

그전에 당신은 활짝 웃더라

만남

웃어도 좋다
슬퍼도 좋다
같은 시간 서로 엮어
굴러가면 되는 거지

그렇게 구르다가
인생의 무거움 잠시 덜어 봅니다

멋있게 울다
아름답게 웃으며
털고 갑시다

내일 또
걸어 볼랍니다
태어남의 숙명이니까.

그녀의 마음에는 바다가 산다

밀물의 파도로 다가온다
모래알 움켜 발 디딘 조개처럼
한마디 말없이 받아들인다
운명처럼

바람이 불고
모진 파도가 나를 덮쳐도
결국 그녀의 가장자리

있음의 행복보다
거친 정으로
순수의 달보다
따끔거리는 한낮의 뜨거움으로

그렇게 어울리며
서로 마주하고 있다

육지 없는 바다는 바다가 아님을
그녀 없는 나는 내가 아님을

아직 농익지 못한 나의 삶에서
온갖 것들이 생을 만들어 내는
바다라 불리는 그녀

나는 당신 속 영원한 섬이다.

겨울

밤이 길어
시간이 길어진 줄 알았네

아무리 사람을 만나도
채워지지 않아

난 스러져 있는 짐승이라
나 또한 그러함으로

그래도 시간은 오는 것

늙음의 마음보다
젊음의 시간만
기억하는 것

현재가 과거가 된다는 걸
너무나 잘 알기에
오는 시간 막지 못해
오늘도 우두커니
겨울밤 드러누운
나무 그림자에
내 발 담고 서 있다

혼술 1

참석없어 아픈 마음
한잔술로 달래보네

담배연기 희뿌여니
밝은달은 간데없네

서로섞여 웃는모습
마음에만 살아있소

겨울까지 살겠냐만
기약없는 약속으로

봄햇살은 다시오고
그믿는맘 간절하고

늙지않길 바라면서
또한번의 만남일랑
행복가득 기대하오

퇴근길

붕어빵 한 봉지
손에 쥐고
갈지자로 걷다가
겨울의 초입에 발 디딘
내 그림자

무심한 가로등
등을 밀면
못 이기는 척
웃음을 머금고
집으로 향한다

따뜻한 겨울의 진객을
맞이하는 식구들은 없고
코를 벌렁거리며
달려오는 우리 복이

그래 어찌할까
시간이 그렇게 가는 것을

탁자 위 붕어빵 올려놓고
그 옛날 달려오던 새끼들을
그리워한다
내 나이 오십
식어버린 붕어빵 봉지 위로
어느새 세월이 쌓여 있었네.

옛사랑

그대 이름
가을비로 내려

옷에 묻은 비 털어내다
이미 젖은 몸

내일의 햇볕 비칠 때
벗어나려나

하긴 그 다음에도
비는 다시 오는 거지

우산을 써도
옷자락 젖어 묻어나는
옛사랑이란 비

시간 지나 다시 한겨울의
눈으로 다시 나를 적신다

달라지는 계절에도
늘 같은 이름으로

세월을 적시는

그리움으로

그대 잘 지내라

시간의 추억

기억을 세월이란 체에 걸러
추억이 남았다
바람 부는 오늘 나는 또
무엇을 거를까

살아가며
오는 오늘이라는 건
늘 마지막이라는
아쉬움을 느끼지 못하는
세월이라는 이름

비 바람 그리고 눈
미래의 그날도
어쩌면 가볍게 넘겨 버린
오늘이 되지는 않을는지

그래도

갈 수밖에 없는 우리는
운명이라는 이름으로
창밖 가을 안에서 웃고 있는
나를 찾는다

여수에 반하다

돌산이 드러누워 만든
오동도의 끝자락
말 없는 갈매기는
한가롭고
일렁이는 파도에
배들도 춤을 춘다

눈부신 그대 같이 있어
내 사랑은 깊어진다

계절은 다시 또 가을로

바다가 있어 신난 마음에
맛있는 음식에 행복한 마음에
소주 한잔 털어 넣고
바다와 마주하다

마누라

화난 모습이
왜 그리 귀엽소

허허 웃지도 못한 세월
참 많았을 것이기에
아픈 마음 잡고서도
그대 참 귀엽소

함께한 스물일곱 해
그래도 앞으로
가야 할 길 멀기에

나 철드는 모습 보면서
천천히 같이 갑시다

세월 묻는 얼굴
나 또한 그렇다오

빛만큼 빠른 시간

아껴둔 사탕처럼

작은 행복으로

조금씩 그렇게

살다 갑시다

철없는 남편으로

그리고 항상 당신만을

바라보는 미어캣이라오

사랑합니다

식구

가족은 맞는데
사람이 없네

술 취해 드러누워
하늘을 보니
익숙한 벽지만 나를 보고 웃는다

그때 그리움에 살아온 시절의
조각을 맞추다
이내 눈을 뜨면
속 쓰림과 함께 오는 아침

말 한마디 나누려다
각자 출근 전의 분주함에
마음을 내려놓다

그래도 오늘은 밥 한 숟가락
돌려놓고 가야지

네 식구 다시 볼 시간이
여전히 그립다

옆에서 강아지가
방긋 웃는다
괜히 밉다

꽃씨

꽃씨 하나
물 주었더니 꽃잎이 되더라

사람 하나
정 주었더니 사랑이 되더라

그렇게 만나
서로 비비고
그렇게 만나
위하며

햇살 가득한 정오의 한 밭처럼
그대는 나에게 소중한 꽃씨 하나가
되었다

잎이 발하고 곧 나무가 되고
열매를 만들었다

사랑은 언제나 한 톨의 꽃씨와
같은 것...

그대 얼굴에 비비며
살아가는 나 또한
그대 삶의 또 다른 꽃씨가
되었다

계단

앞만 보고
뒤를 보지 못했네

숨이라도 차면 잠시 멈춰
저 계단의 끝만
바라보았지

다시 내려갈 수 있음을
생각하지 못하였지

오르고 올라
다시 또 계단

아래로만 보고 앉을 수 있는
인생이란 내 속의 가득한 계단

지나온 시간이
가득 묻은 그 곳 보며

아직 놓지 못한 나에게 아파 운다

골목길

짙은 어둠에
발걸음 사라지면

마른 눈으로 길의 끝을 본다
외로움이 감싼 백열등의
골목길 비추기

그대에게 다가갈까
삐친 마음으로

내 앞 지나간 어떤 이들의
보이는 외로움

비틀거리며
서 있는 밤 골목길의 이름 모를
화분들

나와 같아
다시 햇빛 그리며
오늘 밤 그대에게 닿다

사랑한다는 것은

나의 눈이 처음으로
머문 어느 날의 아침

그녀 얼굴 앞에서
웃다

하얀 그 손등 위
나의 눈 멈춰
미안함이 흐른다

철없는 나랑 산 지 한 세월
그대가 있어
철부지다

어쩌면 사랑한다는 것은
진실된 미안함인 것을
이제 조금 안다

사랑 비

비가 옵니다
저 멀리 지친 그대의
손등 위에도
떨어지겠지요

생의 언덕을 오르다 보면
느낄 수 있는 힘겨운
삶의 기운

그렇게 힘든 비가 마음을
때립니다

어떻게 지내시는지
빗방울 소리에
그리움 떠올라
나란 존재의 서글픔으로
어찌할 수 없는

비가 오는 이 언덕에서
이렇게 길을 잃었습니다

비가 웁니다.

봄 그대

그대 사랑 봄이 되어
나의 가슴을 안았소

사는 거 같더이다
내가 기다려
당신이 나를 기다려

오늘 걸 알기에
왜 그렇게 더디던지

슬픈 걸음마다
그 꽃송이 있기에
아프지 않았소

익숙함보다
새로움을 보는 이 세상에서

그래도 가만히 안아주는
나의 그대

시린 손 꼭 잡고 따스함이
묻어나는 그대의 계절로 갑니다

사랑합니다

가로등

늘 그 자리에서
우두커니

나를 바라본다

걷다 잠시 본
기둥 뒤에

기다란 그림자는
나와 함께 있다

공간을 비추다
멈춰버린 빛의 한계

나의 그림자를 잡다가
이내 돌아서고

다시 다가서는 사람들을
붙잡는다

그저 가진 숙명인 것을

나와 같아 슬픈
가로등

오늘 밤 스치듯이 떠나간
옛날의 그들이 그립다

그래도 묵묵히 삶이란
가로등이 되련다

외로움을 모두가 가진 것이기에…

삶이란

울어도
웃는 척

아파도
괜찮은 척

몰라도
아는 척

없어도
있는 척

그리하여

슬프면 울고
아프면 말하고
모르는 건 모르고
없는 건 없고

인생과 가성의 공유

지금 나 웃어

복이 (우리 집 강아지)

네가 없는 거실

싫어도 살랑거리며
가쁜 숨으로 달려오던

저벅거리던 발걸음 소리
들리지 않아

하늘을 향한 공허함이란

칠 년의 정으로
그 빈자리는 슬픔으로
채워지고

사랑한다는 말
아는 듯 모르는 듯
고개만 갸웃거리고
그래서 그냥 안고 말았지
존재만으로도
고맙고 사랑한다
우리 복이

낡은 코트를 입으며

십칠 년 된 코트 하나
먼지 털어 입으니 꼭 맞다

훌쩍 자란 아들 녀석 탐내는 코트
유행은 돌고 돈다

사람은 유행이 없다
그 시절의 나는 지금 없음으로

추억을 자극하는 하나
다시 오지 못할 청춘의 눈으로
나를 가만히 안아준다

흰머리 성성한 지금
젊은 그때의 나를

말없이 껴안고 있다

그리움은 코트 속으로
현실의 나는
세상 속으로

또 무엇을

웃음을 걷었더니
외로움이 보이더라

외로움을 걷었더니
요란한 삶이 있더라

그 삶을 다시 걷었더니
슬픔이 남더라

슬픔을 걷었더니
아무것도 없더라

없음을 걷었더니
다 있더라

돌고 도는 우리
만날 그 자리더라

밥심

일곱 시에 밥 돌리시오
아침이건 저녁이건

먹어야 살지

오늘 졌다고 내일이 없을까
으여차 하고 다시 먹자 구요

살아야 다시 해보지

매일 진다고 그런 넋두리는 아니라오

아침에 눈 뜨면
삶의 전쟁터로

그대가 준 밥심의 힘으로
고봉밥으로 주시오

사랑 합쳐 또 넘고 넘어 봅시다

그래도 저녁
식구들 보니 행복이 남소

다락방이 되어버린
나의 마음속에 말이요

우리 엄니

팔순의 홀로된 노모를
뒤로하고 떠나오던 기차 안

시간이 이렇게 무심한지
모자란 자식은 소리 죽여 웁니다

차창에 보이는 얼굴
흰머리 성성한데
여전히 난 막내

단디해라 말씀에
바리바리 싸 온 보따리에
힘을 줍니다

도착한 삶의 터전에서
아무 일 없는 듯이
그렇게 살아갑니다

엄마 사랑합니다
이 말이 왜 그렇게 힘들었는지

이 밤 세월 내려앉은
그 손등으로
새끼 생각에 만드신
고추장 한 숟가락에
다시 그리워집니다

이 못난 막내가

사랑합니다 엄마

그녀 얼굴

돌아본 얼굴에는
꽃이 피었다

가슴 아파 아련한 먼발치의
그 얼굴

괜한 눈물 밟으며
달빛을 걷어찬다

걱정은 꽃으로
희망은 지금

새벽 별빛 뒤로하고
그녀를 위해
뛰어가다

화분

골목길 돌아서면
한겨울의 화분

계절 시린데 또다시 봄이라네

참고 참아준 네가 고맙고

멀뚱히 쳐다본 내 눈에도
다시 한 살의 시간이
더해진다

견뎌줘서 고맙다
나와 같은 삶이라

그래도 걸어가는 내 삶
부러워 허 참하고

마지막 겨울비라 믿으며
두 손 들고
웃다.

살아서 사람이란다

마음 달래지 못해
소주 한 잔 먹었더니
돌아간 친구 얼굴이 떠오른다

연기처럼
사라졌으나 가슴에는 남았다

한여름의 시간에 갔으니
슬픔이 땀이 되어 소주병을 채운다

삶은 지고
남은 나의 가슴에 한마디

살아서 사람이란다
친구
나 좀 늦게 가도
반가움에 그때 그대 우소

시간이라는 것

인생이라는
글자를 쓰다

인상이 되어 버렸다

사랑이라는
글자를 쓰다가

사람이 되어 버렸다

세월
마음속 글자가
변해간다

그녀도 말한다 나에게

수고했어 보다
뭐 했어라고...

여보

같이 걸었던 시간의 길이가
벌써 이십칠 미터요

인생이 팔십 미터인데
귀 빠지고 모자란 청춘을 뺀다면
거의 당신이랑 같이 온 거요

까맣던 머리카락
세월의 눈발로 바뀌었소

병아리 같은 새끼들은 이제
다 자라 서로 잘났다고 난리요

그 병아리들의 이소도 얼마 남지 않은 지금
그래도 걱정으로 하얗게 날이 밝소

이제 우리만 생각합시다

시간은 흐르고 어찌할 수 없는 우리를
위해서 말이오

오늘 밤
우리 밑에서 아가리 벌리던 병아리들은
바쁘다오

맥주 두 병 사갑니다
우리 청춘의 시간을 안주 삼아
한잔합시다

그대 옆이라 더 빛나는 남편이...

동네 참치 집에서 1

내가 아는 그 사람

새벽녘 슬픔 달빛을
등에 지고 퇴근하는 그 사람

밤은 항상 새롭지만
달이 숨은 이 순간
혼자가 되어버린 지금 어디로 갈까

차라리 아침은 두렵기만

그래도 살아가야지

곁에는 뜨거운 한낮의 길목보다
정감 넘치는 목마른
그들이 있음으로

오늘도 삭히며
참치를 썬다

그리움

매일 보던 그 자리에
하얀 꽃잎이 앉았다

이름은 알지만
차마 부를 수 없는
그...

밤이 깊어지면
간절함은 더해

오늘도 잊기 위한
몸부림으로
술에 취한다

세상이 흔들려도
불러보고 싶은 꽃 이름은
그대로 인 것을

오늘 밤 그대도 어디에서
술 꽃으로 피어오르는지

마냥 그립다

늦은 달 밟으며 집으로 가야지.

청춘

까만빛 눈동자 위
흐르는 머리칼

살짝 익은 복숭아
내 앞의 그 얼굴

여린 손 사이로
깍지 낀 내 손

가슴으로 세상은 녹아
떨리는 두 다리는 정처 없더라

그 시간이 멈추기를
바라고 바랐건만

무심한 달 녀석은
뭐가 그리 바쁜지
슬쩍 웃고 지난다
걷다 보니
담장 앞

헤어짐의 슬픔 뒤로
그녀의 함박웃음

시간이 지나도 웃음은 같다

그녀의 얼굴이
지금도 떨림으로

사간이 몇 시인데
안 들어오고 뭐하냐고
전화 온다

빨리 가야지 이런...

동네 참치 집에서 2

웃음 짓는 이 순간
그대들은 하나의 이야기

처음 본 사람들의 현재 과거
그리고 미래에 대한 이야기

뜨거운 국물에서 오르는 수증기가
거의 사라질 무렵 덧없는 삶에
대한 이야기

안주가 형태를 잃어 갈 무렵
친구가 된다

시간을 붙잡고 싶지만
걱정되는 내일의 우리를 위해
초면인 우리는 손가락 약속으로
다음을 기약한다

우리 동네 단골 참치 집은
밤이 짧다

지금 엊그제 손가락 걸며 약속했던
동생이 왔다

마치 처음 보듯 인사를 한다
다시 처음으로 하하하

횡단 보도

같은 길
오랜만에 마주 보다

차마 건널 수 없기에
괜한 신호등의 깜빡임만
기다린다

한숨 섞인 푸념을
뒤로하며 잊지 못하고
떨고 있는 두 다리를
원망한다

그녈 따라 뛰어가고
싶지만
이제 와서

내 그리움의 깊이보다
더 진한 그녀의 주름
나 또한 그래서
항상 이십 대의 풋풋함만
기억하며 살련다

그녀가 지나간

그 횡단보도에 다시 서 있다.

나의 한끼

아침 면도 후에 거울 보니
지난 밤 딸에게 한 말

아빠 아직 청춘
배시시 웃고 그래요 하고
딸이 하던 말

눈 밑에는 세월이 깃들고
감정에는 삶이 머물고 있네

허허 참하며 떠날 수 없는
거울 앞에서

밥 차렸다고 소리치는
와이프의 목소리에
부리나케 뛰어 앉았다

뭐 늙음은 오는 거니까
한 숟갈에 정이 넘치는
나의 한 끼니를 위해

그래서 또 산다.

혼술 2

두 발로 들어와
밤이 술집 창에서
노닐면

다리는 세 개가 된다
시커먼 시간의 누름

턱을 괴고 앉아
살아온 한탄을 흘리면

공간 같은 불쌍한 사람들이
넘쳐난다
가는 시간 아까워
연신 퍼붓는 소주잔의
독백...

익숙한 길을 네발로 걷는다
가로등이 나를 보고 웃는다

생각

미용실에 왔다
무슨 놈의 머리카락이
이렇게 빨리 자라는지

야한 생각들이 잘려 나간다

기다림

그대 오실까
열어 두었던 창가에는
어둠 속에 빛나는 별들만
나를 바라본다

기다림이야 늘 내 몫인걸
얼굴에 기대는 바람도
항상 새롭다

창문틀에 놓아둔 자그마한 꽃 화분 하나
가녀린 꽃말을 기억하며
달빛에 그대 얼굴 그려본다

내 사랑이 그러하니 오지 않는
그대 꿈 저 별빛에 투영되어
나의 꿈속으로 다가오기를
새벽빛이 방안 가득해 질 무렵
잠이 든다
나만의 그대
내 청춘의 시간들이여

봄의 꽃

떨어지는 꽃잎이
가슴을 만나면 한 마리의
작은 새로 날아오른다

햇빛 부딪히는 날개는 없지만
자유로움을 입었다
바람의 계절 속으로
그리고 나를 보는 시간의 거울로

우두커니 서 있는 머리 위로
다시 만날 그 시절의 주인공으로
약속한다

봄 꽃잎이 그렇게 새가 되어
날아오른다

아프지만 아프지 않은
기다림의 웃음을 던지며

이 길 바람에 던져진 이 봄의
날개들로 그렇게 남았다

그리고 살아

길모퉁이 돌아서면
햇살 가득한 곳
가녀린 다리로 움켜쥐듯
서 있는 민들레

비 오면 울고
바람 불어도 울고

다들 그리고 살아
한 줌의 햇볕이라도
비추길 기도하며 그렇게 살아

너를 보며
나를 본다

다르지 않아

어둠이 내려도 비바람도 불어도
한 뼘의 햇빛을 기대하는 삶이니까

깊은 고통이 지나면 자유로운 홀씨의
내일이 올 것이라는 걸 알기에

난 오늘도 함박 웃는다.

흰머리

주름도 성에 차지 않는지
자라난다

어릴 적 십 원 하던 아버지의 가격이
지금의 나는 백 원
물가가

백 원해도 뽑아 줄 자식들은
바빠 없지만

거울 속 얼굴은 항상
세월이라는 진리를 말한다

순응해야지 슬픈 미소가
거울을 덮는다

파도여

예쁜 포말로 돌아가라
몸서리치듯 떨리는
모습으로

님은 사라지고 없는데
어루만지면 어찌하나

파도여
심해 가장자리로 돌아가라
같이 어울려 살아가도록

사랑도 가고 세월도 가고
청춘의 네 모습도 없는데

비비며 살아왔던
너의 그 큰 바다로
돌아가라

나의 새

가슴이라는 둥지
힘차게 차고 날아
하늘을 디딘다

노련한 부리는
바람에 부딪히며
세월이 묻어있다

깃털 속 지난날의 화려함
하늘을 떠나 살 수 없음으로
오늘도 두 날개에 힘을 실어
세상의 공간을 가른다

건사할 새끼들은 둥지를 떠났고
오로지 삶이란 주제를 안고
하늘을 딛는다

저 끝 수평선을 달리며
지난날의 행복을 기억하며

오늘도 난 그렇게
날아오른다

사는 게 뭔지

그래도 봄은 오는가
시간을 마주하며 우두커니
서 있는 나에게도 꽃잎이 만져질까

먹고 자고 일하고
갇혀버린 다람쥐처럼 마치
이 세상이 전부 같은

이곳에도 봄은 오겠지
쳇바퀴에도 물이 흐르고 꽃이 피고
작아져 버린 마음에도 높다란 구름 밑으로
파도가 일렁이겠지

아름다운 꿈보다 현실에 대한 희망
오늘도 나는 땀 흘리며 쳇바퀴 위를
달린다

마치 처음처럼

어머니의 기도

세상이 숨죽인 그 시간
정안수 한 그릇에 모든 소리 담는다
굽은 등 흔들며 간절함을 모아
비비고 또 비비고 그렇게 시리게 앉아있다

넋을 향한 외침인가 혼자 남은 두려움의 한탄인가
모든 근심과 가족의 희망을 읊조린다

눈 내리던 지난 밤 아파트 담 끝에서
간절했던 어머니 모습의 투영
이내 둘러본 나

달라진 건 잔설이 내려앉은 머리 밑으로 굽어진
어머니의 등뿐

오늘 이 밤도 고향 담 끝자락에는 여전히

봄비

봄비가 내려 땅에 부딪히면
지난겨울의 목소리가 들린다
함께 해줘서 고마웠었다고

시린 바람 그것은 자기의 뜻이 아니었음을
내리는 봄비는 말한다

다시 올 때는 지금 가져간 미움 슬픔 버리고
희망으로 올 것이라고

그 말 믿을 수는 없지만 기대해본다
마치 사람 사이처럼

오늘 그 지난겨울의 피어나는 몸짓이
참 고맙다

사람인 나를 알 수 있었음으로

청춘

나무 한때 푸르러
영원한 줄 알았더니
작은 바람에도 가지 부러지네

사람도 너와 같아
시린 팔 부여 잡고 서 있다

이 계절을
어찌할까
하다가

만물의 생리인 것을

체념 아닌 생각의 놓음으로
그렇게

청춘의 정의를
알고 있었으나

맘 고쳐 쓸 때까지
그 시간 흘러가고
머지않은 미래엔
지금이 푸르른 때 이였음을

깊은 밤 아련한
달빛 밟으며

조용히 읊조린다

예전 그 날 젊음이 밤이나
지금이나
저 달은 똑같다

지금이 청춘이다

내 친구 민철이

세상에 눈도 못 뜰 무렵

전봇대 부여잡고
울고 웃던 지난날

취한 마음 갈 곳 없어
나눠 핀 담배 한 개비에
그렇게 행복했었지

신작 영화 영웅본색
선글라스에 가짜 권총
영웅으로 남고자 노력했던
남다른 나의 친구

세월은 흘러
주윤발은 사라지고
중년의 너와 나 남았다

가장의 무게는 시간을
더해 웃는 얼굴에도
힘듦이 스며들고

잔을 든 손에도
떨림이 전해진다

그냥 웃다가

세상을 꿈꾸다
가족을 꿈꾸는 너

화려함을 생각하다
소박한 행복을 그리는 너

내 친구 민철이는
지금 경남 산청에 산다

장마

비가 오면

머리가 빗소리로
가득해

세상에 와서
자기 울음소리 없으니
몸 부딪혀
말한다

혼자라는
외로움에 눈뜨니
같이 몸 합쳐
흘러가는 네가 있었네

사람들

장마와 같아
갑작스럽게
안다가

맑은 날
모르는 듯
떠나 버렸네

다음해에도
오겠지만

우리는 또 그렇게 산다

우산을 잠시
너의 소리에
글 푸념 쓴다

상가 위 삼층집

곰팡이 노는 벽지에
일층에서 오는
유리 공장의 메마른 소음

어떻게 살아야 할지
아이들 눈만 보았지

끼닛거리 없어 혼자 우는
마누라의 뒷모습

삼층까지 올라가는
우리의 모습은
힘겨웠다

다달이 다가오는
월세의 압박 속

그래도 어쩌나 생긴 수박 한 덩이에도
행복은 있었다네

없음을 부정하지 않고
커간 아이들은
억지로 인지 모르지만
밝고 예뻤다

그것도 정이랄까
그 집 떠나 이사할 적에
혼자 소주 두 병에
하염없이 울었지

달이 노을에 걸리면
그때와는 다른 울컥함으로
고생시킨 나를 원망한다

어제 그 상가 지나갈 무렵
작은 딸아이 손 꼭 잡고
올라가는 어떤 아빠를 보았네

호수

담을 수는 있지만
밟을 수는 없다

그저 눈으로 바라보는 것

욕심의 걸음 끝에
멈추다

살아오면서
못 이룰 꿈에
뒤척이다

세월만 먹었네

그냥 그저 흐르다
한 때의 호기로만
만족할 것을...

욕심은 덧없고
인생은 가파르니
그 끝엔 호수 같은
잔잔함이더라

떠밀려 온 물길 속
고요함에
나의 삶 담아 본다

매미

칠 년의 기다림으로
가는 시간 아까워
저렇게도 우는지

밤은 낮이요 낮 또한 밤이니
애절함은 극에 달해
나무 부여잡고 운다

자그마한 몸
길고 긴 애벌레의 시간
숨 막히는 땅속 두려움에 떨다가
자연이 허락한 짧은 지상의
시간 속에서 저렇게 애가 타는지

이 여름
언어는 하나
생의 마지막을 향해 달려가는
서글프고 아름다운 몸 떨림

걱정 말아요

여름 지나 그 땅속에는
지금 소리치는 그대의 소중한
아이들이 자라고 있음을

다시 돌아올 눈부신
그 여름을 향하여…

소소한 행복

창을 열면 아직 덜 익은 봄바람
길 건너 나무를 돌아 코끝을 간지럽히다

강아지 녀석의 킁킁거림 기다렸지만
표현하지 못하는 녀석의 오감에도
이 소소한 느낌의 봄은 오나 보다

괜히 기분 좋은 시간의 달콤함
흰머리는 늘어도 행복한 나른함

손에 쥔 따끈한 차 한 잔에 피어오르는 증기처럼
마음은 작은 봄의 춤을 춘다

모든 걸 사랑할 수는 없지만
잠시 내려놓고 이 시간만을 사랑하고 싶다
다시 오지 못하는 나의 쉰 살 봄을 위해
그리고 이 소소한 행복을 위해

여름밤의 무거움에

그루잠 들 때면 멀리서 들리는
애 터지는 가얏고 소리
무슨 일이 있기에
밤새 울고 또 우는가
꽃 가람 있는 그곳으로나 갈 일이지
미쁘지 못한 여기서 무얼 한다 말인고

뜨거운 한낮
여우비라도 내린다면 좋을 텐데
아름드리나무는 없지만
넓은 그늘 밑으로 가서 우소
길고 긴 기다림의 여름이
결코 허망하지 않게

다음 삶에는 부디 누리보듬 하기를…

소주

어제도 뵈었는데
오늘도 뵙는구려
아픔 맘 알지 못해
넋두리 늘어놔도
지겨운 모양마냥
그대로 있는구려

차가운 속 달래려
당신 싫어 도망쳐도
여전히 그 자리에

당신의 중독인가
아님 나의 바람인가

오늘 이별하고
내일 기약하며
옷자락 붙잡아도
뿌리치고 왔었건만
집 냉장고 웅크리고
기약 없이 기다리고

인연이란 굴레일까

아님 나의 인생 숙제

그래서 더 사랑해

항상 옆에 있음으로...

하동 출신 그 녀석

억센 어깨 뒤로
외로움이 숨어 있었다
표현하지 못하는 말끝에는 순수함이

혼자 있기 싫은
그 마음은 사람에 대한 진한 그리움으로

홀로 헤치고 지나온 지난날의
기억들을 한 잔 술에
의지하며 달려 온 시간들

누군가를 다시 사랑할 수 있을까
라는 자기 질문에 이제 답을 하다

계절은 쉬기를 거부한 채 흘러가고
그 또한 사랑이라는 열정에
쉬기를 거부한 지금
어쩌면 마지막이란 사랑이 찾아왔고
매일 보는 햇살에도 행복해한다
억센 사투리로 말해도 나는 이제 안다

그 옛날의 그는 가고
둘이라는 삶에 행복해하는 마음의 말을

둘에게만 오는 시간
철 있는 사랑으로 살기를 노력하며

하동 출신 그 녀석은
오늘 신이 나서 웃는다

엥지밭골 내 친구

산등성이 비가 내려
신발 다 젖을 때 활짝 웃던 내 친구

손수 싸 온 점심 도시락에도 맛있었지
반찬은 늘 같아도 모여 앉아 표시 나지 않았다

집 옆에는 계곡이요 눈앞에는 산 위의 풍경
하굣길 힘들게 올라가던 뒤 모습
책가방 하나에도 가난은 물들어 있었다

죄가 아닌 가난을 꾸역꾸역 삼키며
곰 같은 뚝심으로 두려움 없는 황소처럼
살아 행복을 얻었다

어릴 적 따스한 눈빛은 그대로
힘듦의 시간 지나 얻은 경륜의 무거운 힘

그렇게 살아가며 가족의 사랑 또한 이뤘다
내 친구 두용이
시간이 그렇게 흘렀어도 그 얼굴에 우리가 산다

오늘 밤에도 그 머리 위로 엥지밭골에서 옛날 빛나던
별들의 웃음 가득 머금다

왜 난 그때 고개를 돌리지 못했을까

정면의 길이 바른 것이라
그때 난 왜 고개를 돌리지 못했을까

가진 것 없음은 경주마로 만들었다
멈춰진 지금 이제 보이는 것들

욕심의 그늘에서 아귀처럼 달려온 나
가짜의 세상에서 참을 논했네

길가 단단한 콘크리트에서 피어난 꽃을 보며
그대로 살아가는 몸짓을 보며

내일 또 후회할 나의 그림자
진실은 갇히고 현실은 자유로운

오십 바퀴를 돌고 돈 나의 청춘에게
꽃씨 하나 던진다

그녀가 울던 날

나 부끄러워 해도 달도
구름 뒤에 숨어 살며시 내려 본다

해준 건 하나 없으니 주머니 속에
빈손만 만지작거리고
지나치는 풀잎에게도 고개를 숙인다

같이 온 세월
정이라는 굴레로 더 힘겹다
철이 든 줄 알았던 나는 여전히 같은
길을 가고 있었고
나만의 생각에 사로잡혀 등 뒤에서
우는 그녀를 보지 못했었다

한 번뿐인 세상에 나와 연을 맺고
같은 길을 나란히 걸을 때
나의 발끝만 보았을 뿐
시간에 거칠어가는 그녀의 손등은
보지 못했다

나 힘들어 기댈 때 언제나

그렇게 받아 주던 너

당연히 라는 이기심 속에

얼굴에 내려앉은 주름이라는 세월의 강을

인식하지 못했다

입에 발린 사랑한다는 말

이젠 온 마음 담아 말해야겠다

말없이 우는 그녀의 두 눈에

미안해하는 나의 걸어온 길 다 들어있다

달력

문득 쳐다본 탁상 위 달력
작은 숫자 하나에 하루가 들어있다
어떤 날은 웃다가 어떤 날은 슬프다가
그리고 그 어떤 날은 기억되지 않기도 하다

날짜는 달력의 숫자처럼 정해져 있지만
만들어갈 오는 하루는 정해져 있지 않아
슬프고 힘겹고 그리고 행복한 모든 달력의
하루는 우리가 채워야 할 숙제

달력을 한 장 넘길 때마다
우리가 하는 착각들
내년에도 달력은 나올 테니까
그저 종이 한 장 넘길 뿐이라는
그런 생각들

모든 결심의 일월

그리고 무너지는 이월

그냥 또 그렇게 살아가는 삼월

결심의 망각을 생활화하는 사월부터 십일월

정신을 차렸을 때 기다려주지 않은

한 해를 반성하며 다시 결심의 준비를 하는

십이월

인생은 준비와 망각을 반복하는

저 달력처럼

숫자의 더함에 늙어감이라는 또 다른 뜻

인생의 중반을 넘긴 나에게 던지는 또 다른

달력의 의미

조용히 십이월의 달력 뒤에

종이 한 장 애써 찢어 덧댄다

돌탑

산길 오가며 보았던 돌무더기
처음에는 누가 그냥 두었겠지
두 다리 힘들어 무심하게 걸어갔다

계절이 푸르러 무성한 풀잎 속의
돌무더기는 같이 자라나
어느새 돌탑이 되어 있었지

누군가의 깊은 바램 그리고 기도인가
하늘을 향해 곱게 합장한 돌탑의 숭고한 모습
그 곁을 지키는 이름 모를 꽃들과 나무들
풀벌레의 울음소리가
어느 깊은 암자 스님의 염불 소리인 듯하다
한을 위한 기도를 저 돌덩이에 쏟다

하나둘씩 늘어가는 돌탑
세상살이 한이 참 많아 지나가는
사람들도 하나씩
저 돌탑에 시간을 더하고
나 또한 지나쳤었던 그 돌무더기 앞에
조용히 고개 숙여 돌을 더하다

바램의 생각을 쌓은 게 아닌
나빴던 지난 시간을 저곳에 더한 건 아닌지

매일 좋은 날을 있을 수 없기에
그간의 미련일랑 욕심을 내려놓고
좋은 마음 남기고
그렇게 다시 길을 간다

바른손

어릴 적 바른손은 오른손이었지
같은 손 중에 뭐가 그리 달라 그렇게 불렀는지

왼손 쓰는 친구들은 그렇게 부끄러워했었고
오른손 쓰는 사람들은 정상이라 생각했다

세상은 다수와 다른 소수를 그렇게 비하했었고
다름의 의미가 통하지 않았었지

왼손과 바른손
혼동되어 버린 어릴 적 옳고 그름의 가치관

미술 시간
살색이라는 색깔을 마주한 나의 생각들
흑인 백인
그들 살의 색깔은 우리랑 달라
과연 그곳에서도 살색이라는 단어를 쓰는지
지금은 거의 사라진 두 단어
바른손과 살색

선입견이란 틀을 깨고
그리고 다름과 틀림의 뜻에 대한 정확한 고찰
이미 자랄 때로 자란 나의 머릿속에
예전의 생각들

지금의 나 자신도 어쩌면 다름과 틀림의 정의를
혼동하고 있는 건 아닌지

조용히 나의 오른손과 그리고 살갗을 본다

낮은 울림으로

인간사 모두 한가지
결국의 종착점은 저세상이라
마지막의 신은 공평해
하지만 어떻게 사는지도 신이 던져준 문제

넓은 평지에 끝
산이 있고 계곡이 흐르듯
굴곡 많은 인생에도
그러함으로 행복한 기대가 자라는
오늘의 태양 밑으로
땀 훔치며 살아가는 낮은 곳에서의
세상을 향한 우리들의 자그마한 울림

이 세상의 마지막이 나의 숨 끝으로 왔을 때
지난 시간의 후회보다
앞에 보이는 사랑하는 사람들의 모습을
행복에 젖어 보고 싶을 뿐

어쩌다가 부인이 되고
그리고 또 자식들이 되고
그리고 나의 부모가 되어 주었고
친구가 되었고

마지막의 행복은 큰 것이 아닌
모든 것을 두고 떠나기에
무거운 것이 아닌 마음 가득한 그들의 사랑 하나
담고 가고 싶다

언제일지 모르는 세상과의 작별
사랑해야지 행복해야지 그리고 노력해야지

마음속 꽃 핀 그들의 사랑
낮은 울림으로 오늘 밤 내 마음을 흔든다

어느 치과 원장님

마음이 통해 빗소리에 같이 마신 소주 한 잔
살아온 시간 할 말도 많을 텐데
그저 해맑게 웃다
대화의 궤적은 십 년을 돌고 돌아 차가운
술잔을 드는 것일 뿐

서로가 가진 세상은 달라도
겹쳐진 시간은 같기에
툭 털어 넣은 술잔에 그간 고통 다 있다

옛 청춘 그리며 목 놓아 부른 노래 한 자락
산이 되고 강물이 되고 그리고 숲 풀 속 외로운 귀뚜라미가 된다

아침 열어 햇빛이 머리 위로 빛날 때
의사 옷 입은 얼굴에 지난 시간의 모습은
사라지고 천생의 업으로 다시 돌아왔다

아픈 이들의 행복을 위해
그리고 사랑하는 가족을 위해

오늘도 가끔씩 정동진의 첫 햇살과 그 푸른 파도를 생각하며
입속의 세상을 본다

소박한 웃음 뒤의 그 거대한 삶에 대한 용기로

우리 형

가난이 갈라놓은
내 어린 시절의 기억에
우리 형은 없었지

그저 바람 부는 옥포 항구에서
오지 않는 엄마만 기다렸을 뿐
여섯 살 나에게 다가오는 그 기막힌 외로움들
바다를 보며 달래곤 했었지

다시 모여 가족이 된 후
늘어난 고무줄처럼 제자리를 찾지 못했다
시간의 틈이란 같은 형제에게도
깊은 골을 만들었지

쉽게 다가갈 수 없기에 더 아련했던
형이라는 그 이름
서로 오십의 시간이 지나 생각하는
형이라는 그 이름
나에게 세상 하나뿐인 형이라는 그 이름

자식들의 도란거리는 모습 속에
기억나지는 않지만 그 어릴 적
형과 나의 다정했던 시간을 떠올려 본다

세월이 더하고 우리가 늙어감에도
변하지 못하는 진실 하나
깊은 골이 있을지언정
우리는 같은 산

우리는 형제

나의 구두

신발장 한 귀퉁이 나의 오래된 구두
헤지고 낡아 지나 온 시간을 말하지
같이한 세월 동안
오래 걸어 힘든 나의 발만 챙겼지 정작
아파하는 너는 생각하지 못했다

가기 힘든 빗길 메마른 흙길
내가 가니 따라온 수많은 시간들
인간사 힘들어 발길질할 때도
나의 발을 대신해 함께 해주었다

항상 같이한다는 나의 짧은 생각에 닳고 닳아
그렇게 지금 우두커니 신발장 안에서
마른기침을 한다

가족이라는 나의 구두
항상 같이 갈 것이라는 걸 당연함으로 알았기에
챙겨주지 못했었고
스산한 인생의 바람이 불어올 때면
왜 나만 그러냐고 한탄의 시간을
그에게 풀고만 했었다

내가 가지고 있는 것들을 위해
내가 잊은 것을 위해
같은 숨 내쉬며 살아온 시간들

오늘 밤도 조용히 각진 방 끝에서
마른 숨소리로 나의 발길 기다리는 너에게
슬픈 눈물로 고맙다고 전한다

바위처럼

산 중턱에 떡하니 앉아
세상을 내려다보다
세월의 고단함이 스며 들어간 너의 얼굴
패여도 갈라져도 항상 그 자리에

바람을 원망할까 장대 같은 비를 원망할까
내리쬐는 한낮의 태양과
틈에서 자란 이름 모를 풀들에게 뭐라고 할까

말이 없는 그대에게
인생을 배운다
자기 외침은 결코 존재의 목적이
아니라는 것을

나와 다름이 같이하는 곳에서
어우러져 받아들이며 두려움과 흔들림 없는 너

있어야 할 곳을 말없이 만든
바위라는 이름

하루해가 다하면 노을 속으로
육중한 너의 몸 어둠으로 감싼 후 숨어 버린다

순응하며 살아가는 단단한 너의 모습에
도시의 불빛 눈으로 밟으며
돌아가는 내 마음속의 바위 하나

늘 저 바위처럼...

별리(別離)

산등성이 하얗게 구름이 돌면
작은 집 지어 놓고 오실 그대 기다리다
오는 밤빛에 내 마음 정처 없다

추우실까 피어 놓은 모닥불은 따스한데
하나뿐인 그림자에 쓸쓸함이 더해가고
멀리 우는 귀뚜라미 그리움 더 한다

시커먼 그믐달에 인기척 들리우면
달려가는 마음속에 그대 이름 적어놓고
애꿎은 노루 새끼만 내 욕 다 받네

별들은 계곡 속에 떠다니고
새들도 밤을 안고 자는 시간
떠나신 길 바라보니 그대 모습 맴돌더라

인연이란 이런 건가 부질없다 하는 차에
잠 못 이룬 눈앞으로 밤이 부서지고
새벽이 솟아난다

그대 저 길 넘어가실 적에 내 마음 땅에 묻었소
강물 속에 던졌소
혼자만의 독백 새벽 새에 실어 멀리 보낸다

찾아온 아침에 꺼져버린 장작불
우리와 같아 한참을 바라보다
영이별이란 생각에 한참을 슬피 울고
내 마음 이제 다 닫다

별을 보다

김해원 시집

2020년 9월 18일 초판 1쇄
2020년 9월 23일 발행
지 은 이 : 김해원
펴 낸 이 : 김락호
디자인 편집 : 이은희
기 획 : 시사랑음악사랑
연 락 처 : 1899-1341
홈페이지 주소 : www.poemmusic.net
E-Mail : poemarts@hanmail.net

정가 : 10,000원
ISBN : 979-11-6284-234-8